KB197030

브름왓

ᄇ 름왓

2024년 10월 20일 인쇄
2024년 10월 30일 발행

지은이 김순이

펴낸이 손정순

펴낸곳 열림문화
　　　　주소 제주특별자치도 제주시 청귤로 15
　　　　전화 (064)755-4856
　　　　팩스 (064)755-4855
　　　　이메일 sunjin8075@hanmail.net
　　　　인쇄 선진인쇄사

ISBN   979-11-92003-49-8 (03810)
값 10,000원

※ 이 책은 제주특별자치도 제주문화예술재단의 2024년 문화예술지원
　　사업의 보조를 받았습니다.

ᄇᄅᆷ왓

김순이 제주어 시집

시
인
의
말

난 그리려던 허벅 위에

낭푼이 밥상을 차려본다

돗통시도 써 본다

정낭도 꺼내어 보았다

숨었던 보석들이

톡톡 튀어나와

오래전

할머니가 부르던

자장가 소리가 들리는 듯하다

츠레

1

―――

ㅂ름왓

2

3

4

1 / 봄 그늘

돌하르방

몽탁흔 코에 부리부리흔 눈
고정흔 양지에 꾸밈웃인 몸뗑이
풍해 소곱이서도
벤흠웃이 잘도 살아왓고나
그 큰큰흔 눈으로
무신 걸 봐시코
뷔리멍 가심 터질 일덜은 엇어시카
칭원흔 사름은 못 뷔려시카
무사 안 봐져시코
이거저거 모 삭이멍 싯쳰 흔난
몸뎅이에 고망이 숭숭 낫주기
아팡흐는 사름도 하영 봣주기
고쳐주질 못흐연
겉광 속이 모 거멍케 뒌 거주
경혜도
그 자리에 ᄀ만이 과짝 산 지켜주난
모덜 심난 기십나게 잘 살암서

돌하르방

뭉툭한 코에 부리부리한 눈
정직한 양지에 꾸밈없는 몸매
풍해 속에서도
변함없이 잘도 살아왔구나
그 커다란 눈으로
무엇을 봤을까
보며 가슴 터질 일들은 없었을까
억울한 사람은 안 보였을까
왜 안 보였을까
이것저것 모두 삭이며 있으려니
몸에 구멍이 송송 난 거지
아파하는 사람도 많이 보았지
고쳐주지 못하여
겉과 속이 다 검게 탄 거지
그래도
그 자리에 가만히 딱 시시 지켜주니
모두 다 힘내어 기운차게 잘 살고 있지

샛절 드는 날

관덕정 앞마당에
노란 등불 ᄉ이 호롱불 벨롱벨롱
오는 비영 ᄒ디 징 소리 요란ᄒ다
장구잽이 신멩 나게 마당을 휘어잡곡
탈춤 추단 춤꾼도 ᄀᇀ이 추멍 얼쑤!
현란ᄒᆫ 춤사위
경혜도 부작혜신가
귀경꾼덜 응원을 똑기 받아내주 얼쑤!
북소리 꽹과리 징 소리 장구 소리
ᄒ디 이울령 신멩 나게 흥을 돋구민
어느 ᄉ이 귀경꾼덜 폴 둑지 들싹들싹
비구름 물러가곡 사람덜이 몰려왔저
샛절 드는 날 궂인 거 ᄆᆫ 물려나곡
좋은 일 들어오랜 소원 썽 빌어 보곡

탐라 왕이 몰앗젠 ᄒᆞ는 낭쉐몰이
나도 ᄒᆞᆫ번 몰아보카

입춘

관덕정 앞마당에
노란 등불 사이 호롱불 반짝이고
오는 비와 함께 징 소리 요란하다
장구재비 신명 나게 마당을 휘어잡고
탈춤 추던 춤꾼도 같이 추며 얼쑤!
현란한 춤사위
그래도 모자랐는가
구경꾼들 응원 기어이 받아낸다 얼쑤!
북소리 꽹과리 징 소리 장구 소리
함께 어울려 신명 나게 흥을 돋우면
어느새 구경꾼들 팔 어깨가 들썩들썩
비구름 물러가고 사람들이 몰려온다
새철 드는 날 궂은일 다 물러나고
좋은 일 들어오게 소원 써 빌어 보고

탐라왕이 몰았다 하는 낭쉐몰이
나도 한번 몰아볼까

경ᄒᆞ연 바당이 좋아

왓닥 갓닥ᄒᆞ는 물절에
속엣말덜을 데낀다
모살 우티 핀질 썽 물절에 틔우는
바당이 이시난 좋다

투글락ᄒᆞᆫ 말도
귀 좌울영 들어주곡
ᄆᆞᆫ 받아주는
바당이 이시난 좋아

헤양ᄒᆞᆫ 게꿈내멍 절 칠 때도
어름씰어주멍 ᄌᆞ들메 ᄆᆞᆫ 씻어주는
봄 햇벳에 늠삐꼿 ᄀᆞᇀ은
어머니 모십이 베려지는
바당이 이시난 춤말 좋아

그래서 바다가 좋아

오고 가는 물결에
가슴에 담았던 말들을 던진다
모래 위에 편지 써서 파도에 띄우는
바다가 있어서 좋다

투정도
귀 기울여 들어주고
다 받아주는
바다가 있어서 좋다

하얀 거품 내며 파도칠 때도
토닥이며 근심 모두 씻어주는
봄 햇살에 무꽃 같은
어머니 모습이 보이는
바다가 있어서 정말 좋다

산뎅 ᄒᆞ는 건

맨드라미 가시 돋은 장미 대ᄒᆞ듯
가차이 ᄒᆞ고정 ᄒᆞ주만
ᄌᆞ껏디레 가질 못ᄒᆞ는
경혼
스이를 벌리곡
붸려만 봐사 ᄒᆞ는
산뎅 ᄒᆞ는 건 경혼 거

살당 보민
웃을 일만 이신 건 아니주
ᄌᆞ디기 심든 일이 ᄎᆞᆷ말 하
돌ᄃᆞ리도
ᄒᆞᆫ 번 더 두드리노렝 ᄒᆞ당봐도
뒤터레 푸더정 코가 체짐도 ᄒᆞ주
사는 게 다 경혼 거주

산다는 것은

맨드라미 가시 돋은 장미 대하듯
가까이하고 싶지만
다가갈 수 없는
그런
거리를 두고서
바라만 봐야 하는
산다는 것은 그런 것

살다 보면
웃을 일만 있는 것은 아니지
견디기 힘겨운 일이 정말 많아
돌다리도
한 번 더 두드리느라 하지만
뒤로 넘어져도 코가 깨지기도 하지
사는 게 다 그런 거지

봄동

메틀 비가 ㄴ런게마는
잎셍귀가 나 양지보단 넓어전
더 넓어지민
든 맛이 들아나불카
입 다시멍
맛좋게시리 것절이로 멩글앙
돔베고기 이시민
착착 쌍이네 먹으민 좋으켜

닐은 우리 머느리
애기 안앙 올건디
미역국도 낄령 줘사켜

우리 어머니
쳇애기 안안 가난 경 혜난 것추룩
나도 경 혜줘사켜

봄동

며칠 동안 비가 내리더니
잎이 내 얼굴보다 넓어졌다
더 넓어지면
단맛이 달아나 버릴까
입맛 다시며
맛나게 겉절이로 만들어
돔베고기 있으면
척척 싸서 먹으면 좋겠다

내일은 우리 며느리
아기 안고 오는데
미역국도 끓여 줘야겠다

우리 어머니
첫아기 안고 갔을 때 그랬던 것처럼
나도 그래야겠다

봉봉 든 물추룩

손지 열난 유치원에 못 갓젠 ᄒ연
바당 ᄌᄀᆺ디로 가는 ᄇ딘질로 감젠 ᄒ난
지들리는 ᄄᆞᆯ ᄆᆞᆷ심이
물이 봉봉 든 것추룩 푼드그랑ᄒ다

물이 들언
갯바우에 ᄆᆞᆯ르고 옴파진 둠벵이에도
바우트멍 ᄉᆞ이에도
하간 살아이신 것덜이
오물서리넹 숨을 쉬곡

바당물이 ᄀᆞ득ᄒ다
너미 얼곡 ᄇᆞ뜨지 아니ᄒ게
바당물이 봉봉 든 거추룩
ᄆᆞᆷ딱덜 푼드그랑ᄒ여시믄

봉봉 든 밀물처럼

손녀가 열이 나 유치원에 못 간단다
바닷가로 가는 지름길로 간다 하니
기다리는 딸의 마음이
밀물이 봉봉 든 것처럼 넉넉하다

밀물이 밀려와
갯가에 메마르고 파인 웅덩이에도
바위틈 사이에도
많은 살아있는 것들이
오물거리며 숨을 쉰다

바닷물이 가득하다
너무 춥고 어렵지 않게
밀물이 봉봉 든 것처럼
모두 다 넉넉했으면

어린이날

아으덜 Ք심을 알암신지 몰람신지
무심훈 날쎈
비광ㅂ름을 ㄷ런 완
어디레 가사 홀지
식당에 간 먹고정 훈 밥 먹언 나산

비ㅂ름 피ㅎ연 간
키즈 카페
아으덜광 훈디 좁작ㅎ게 앗안
ㅅ순널찌레 떠들 만이 떠들단
창베겻디레 붸려봄만

돌아오는 질에 믿지 에려울 만이
ㅂ본 ㅂ분 훈 바당
헤양훈 배 한걸ㅎ게 틔우곡
저 바당추룩 ㅂ본 ㅂ분 헤도 좋아실걸

어린이날

아이들 마음을 아는지 모르는지
무심한 날씨는
비와 바람을 데려와
어디로 가야 할지
식당에 가서 먹고 싶은 밥을 먹고서

비바람 피하고 간
키즈 카페
아이들과 함께 비집고 앉아
사촌들끼리 떠들 만큼 떠들다
창밖을 바라보기만

돌아오는 길에 믿을 수 없을 만큼
잔잔한 바다
하얀 배 한가롭게 띄우고
서 바나처럼 잔잔해도 좋았을걸

아덜 군대 보내둰

그때만 해도 철이 웃엇다
손전와도 웃엇다
궁금ᄒ연 신디
아덜 소식이 상사로부떠 기뻴이 왓다
어떵홀 중 몰란
잘 잇수다 ᄌ들지 맙서 ᄒ는 말
들언 나산

부대 일름광 주소를 ᄀ전
지도에서 점 ᄒ나를 ᄎ앗나
ᄀ슬돼민 잣낭이 무성ᄒ
청솔이 낭 우티서 놀려 먹는덴 ᄒ는
짚은 산 소곱 어딘가 뷔려지는디

어물어물ᄒ단
잘 부탁ᄒ쿠덴 ᄀ기도 전이
전완 끊어부럿다
쳇 휴가 올 때ᄁ지 끈 털어진 연이라서

아들 군대 보내고

그때만 해도 철이 없었다
손전화도 없었다
궁금하던 차에
아들 소식이 상사로부터 기별이 왔다
어쩔 줄 몰라
잘 있다고 걱정하지 말라는 말
듣고 나서는

부대 이름과 주소를 가지고
지도에서 점 하나를 찾았다
가을이면 잣나무가 무성한
청솔이 나무 위에서 놀려 먹는다는
깊은 산속 어딘가에 보이는데

어물어물하다가
잘 부탁한다는 말 하기도 전에
전화는 끊어버렸다
첫 휴가 올 때까지 끈 떨어진 연이었다

해 묻직듯 들 묻직듯

두릴 적 예배당 뎅어낫젠 ㅎ는
백년손님
절엘 가켄 ㅎ난
드령 가사 홀지 말아사 홀지
하느님신디 흔 소리 들을 것도 굴으고

게걸랑 관광 가게
천왕사레
종교를 떠낭
아으덜
방 붸와주는 교육도 실 거고

절로 들어가는 질
색색으로 줄지완 돌아진 등
아으덜
해 묻직듯 들 묻직듯
묻직으켄 들러퀸다

할망은

아으덜 손심언 걸으난 뚭 난 것도 몰르곡

아으덜은

할망이영 ᄀᆞ찌가난 지친 중도 몰르곡

아기 부처님은

아으덜이 몸 ᄀᆞᆷ겨 주난

지꺼젼 빙섹이곡

해 만지듯 달 만지듯

어릴 적 교회 다녔다 하는
백년손님
절에 간다고 하니
데려가야 할지 말아야 할지
하나님한테 한 소리 들을 것도 같고

그러면 관광 가자
천왕사로
종교를 떠나서
아이들
보고 배우는 교육도 있을 테고

절로 들어가는 길
색색으로 줄지어 달아놓은 등
아이들
해 만지듯 달 만지듯
만지겠다 보챈다

할머니는 아이들 손잡고 가니
땀난 것도 모르고
아이들은
할머니랑 같이 가서 지친 줄 모르고
아기 부처님은
아이들이 목욕을 시켜주니
기뻐서 미소 짓고

스물ㅇ숫해 지기광 이벨

체얌 늘 만날 땐
느신디 ㅎ 눈에 반ㅎ연
집 ㅎ 귀퉁일
테어내는 ㅁ심으로 장만ㅎ연

집을 웽길 때민 귀ㅎ 대접ㅎ멍
ㄴ려지카 푸더지카
질 ㅁ첨 앞장을 세왓주

늘 요영 보내게 뒐 중 몰랏ㅈ기
느량 나 ㅈ꼿디서
뜻뜻ㅎ 물이 뒈엇주

스물ㅇ숫 해를 ㄹ이 살멍
다사다난ㅎ 한한ㅎ 날덜
는 ㅁ 봣주기

경ㅎ단 느 폴이 아파부런

늘 튼내는 부품이 엇어저불언
구완을 졸바로 ㅎ질 못 ㅎ엿주기
경ㅎ여도 성치 안흔 몸뗑이로
기를 쓰멍 음석을 멩글아넷주기

ㅁ츰네 줌줌ㅎ게 줌이 들엇주
흔참을 한한ㅎ 짐을 지완

느가 가는 날은
느가 넘이 베연
보내젠 ㅎ난 잘도 심들언
벤만큼
느 앗아난 방석이 넘이 커라
렌지야!

스물여섯 해 지기랑 이별

처음 너를 만날 때는
너에게 한눈에 반하여
집 한 귀퉁이를
떼어내는 맘으로 들였지

집을 옮길 때면 귀한 대접하며
넘어질까 엎어질까
제일 먼저 앞장을 세웠지

너를 이렇게 보내게 될 줄 몰랐네
항상 내 곁에서
따뜻한 물이 되었지

스물여섯 해를 같이 살면서
다사다난했던 무수한 날들
너는 다 지켜보았지

그러다 너의 팔이 아팠을 때

너를 기억하는 부품이 사라진 거야
치료를 제대로 할 수가 없었지
그래도 아픈 몸으로
기를 쓰고 음식을 만들어냈지

마침내 조용히 잠이 들었지
오랫동안 많은 짐을 지웠어

네가 가는 날
네가 너무 무거워
보내기 힘들었는데
무거웠던 무게만큼
너의 빈자리가 너무 크더라
렌지야!

난젱이 즌뿔리

뭣산디
모잘르덴 셍각뒐 땐
짚은 상내가 기류와진다

춘 ㅂ름이 불민
즌 뿔리 스이스이로
소게 긑은 혁을 줌뿍 심주기

험벅눈 실룹게 ㄴ릴 때민
족은 썹을 페우멍
봄이 안적 먼 걸 알앙
넙작 엎디리주기

즌뿔리 스이로 곧짝 빈엉 ㄴ려가는
저슬 난젱이
어머니 뚯뚯 혼 숨소리 들을 때추룩
혁을 뜰랑 가단 심이 우티레 올르주

헉 터는 일은 존뿔리를 엇이 ᄒ는 일
중혜난 존 뿔리
아시 울엉 뒷손질ᄒ 성추룩

곱지질 못ᄒ는 소곱술
짚은 상내 풍기멍

냉이 잔뿌리

뭔가
모자람을 느낄 때
짙은 향기가 그리워진다

찬바람이 불면
잔뿌리 사이사이로
솜 같은 흙을 꽉 잡는다

함박눈 시리게 내릴 때면
직은 잎 펼치며
봄이 아직 멀었음을 알고
납작 엎드린다

잔털 사이로 곧게 뻗어내리는
겨울 냉이
어머니 따스한 숨소리 들을 때처럼
땅을 뚫고 가던 힘이 솟아 오른다

흙 터는 일은 잔뿌리를 제거하는 일
소중했던 잔뿌리
동생을 위해 뒷바라지한 언니처럼

감출 수 없는 속살
깊은 향내 풍기며

2 /봄 여름

노루영 한라수목원이서

초저슬 한라수목원 낭가쟁이 스이로
곰살맞인 햇벳이
트멍으로 들어완 곹이 벗흔다
낭 기둥 ᄆ 직으멍
물 소곱 모다이신 붕어 곹은 이와기
오래만이 만난 성광
소곤닥이 걸은다

세월을 낚으는 단풍섭딜토 붸려 보곡
십 년 전이 ᄆ첨 가분 샛성
곹이 헤난 추억도 올려보곡
남은 성제 둘이
어멍곹이 성제곹이 경 걸엄신디
어멍 노루 새끼 노루 정겹게 풀 틀곡
우연이 만난 성제도
묽은 벳추룩 화사ᄒ곡

노루와 한라수목원에서

초겨울 한라수목원 나뭇가지 사이로
곰살맞은 햇볕이
비집고 들어와 벗이 돼준다
나무 기둥 어루만지며
연못 속에 모여있는 붕어 같은 얘기
오랜만에 만난 언니와
소곤대며 걷는다

세월을 낚는 단풍잎도 올려보고
십 년 전에 먼저 가버린 둘째 언니
같이 했던 추억도 올려보고
남은 자매 둘이서
엄마같이 자매같이 그렇게 거니는데
엄마 노루 새끼 노루 정겹게 풀 뜯고
우연히 만난 자매도
맑은 햇살처럼 화사하고

사려니 숲 ᄀ슬

낭가젱이 ᄉ이
셍이덜 앚아 좃아대곡
푸린 곶자왈이 좋텐ᄒ 말에
부치르와신가 벌겅케 물이 들엇다

늘게 ᄃ 듯 조진대는 입셍귀덜
ᄎᆞᆷ낭 우티 앚인 터 여분 가냐귀
검은 옷으로 무장ᄒ연 망을 봤주만
푸린 섭을 앚아 가는 세월
아멩도 못ᄒ는 셍이여

색색이 옷을 입은 산자락 어구
ᄋᆞ뭇차게 기려논 풍광덜
누리장낭에 흑진주 ᄋᆞᆯ매
곱닥ᄒ게 벤혜가는
어머니 머리 곱게 세어 가듯

사려니 숲의 가을

나뭇가지 사이
새들이 앉아 쪼아댄다
파란 숲이 좋다는 말에
부ㄲ러운지 발갛게 물이 들었다

날개 단 듯 재잘대는 잎사귀들
참나무 위에 앉은 터 잃은 까마귀
검은 옷으로 무장하고 망을 보지만
푸른 잎을 훔쳐 가는 세월
어쩔 수가 없나 보다

색색의 옷을 입은 산자락 어귀
야무지게 그려놓은 풍경들
누리장나무에 흑진주 열매
곱게 변해가는
어머니 머리 곱게 세어 가듯

문섬이 ♀름 보내멍

벳이 과랑과랑
지져와난 더위
ᄀ슬ᄇ름이 걷어가주

장엄ᄒ 산방산 천장서
털어지는 물소리에
슬히 고쩌삼신게

목탁 치는 소리
♀믈아 가는 들왓이 ᄀ득ᄒ다

바당 지키멍 놀메 두려난 문섬
더위 가부는 게 아숩다
물절 ᄄ랑 도당킴도 헤 보주만

바당 ᄀ메
더위 물엉 먼디레 보내는 ᄉ이
ᄀ실 철새 ᄂ아들언 둥지를 틀엄신게

문섬이 여름 보내며

햇볕이 쨍쨍
뜨거웠던 더위
가을바람이 걷어간다

장엄한 산방산 천장에서
떨어지는 물소리에
슬쩍 물러선다

목탁 치는 소리
여물어 가는 들판이 가득하다

바다 지키며 물놀이에 빠졌던 문섬
더위 가버리는 게 아쉽다
물결 따라 발버둥도 쳐 보지만

바다 갈매기
더위 물고 먼 곳으로 보내는 사이
가을 철새 날아들어 둥지를 튼다

산방산

쭉 벋은 산록 질
아칙 햇벳 ㄴ리째는 늦인 봄
바당 ㅂ름에
얄룬 커튼 둘러아정
자꼬만 유혹ㅎ는 산방산
보일락말락
목ᄆᆞ룬 사름 울엉
물잔 우티 버들섭 틔우듯
과속ㅎ는 출근질을 즘재우젱 홈인가

심벡ㅎ듯 ᄃᆞ리단 출근 홀 ᄒᆞᆫ 넘엉
헤양ㅎᆫ 멘사포 벗으민
언제 경혜시넨
ᄀᆞ득ᄒᆞᆫ 여유를 부리당
코뚱이 산 이신 성제섬 붸리보멍
몬첨 가분 성 지긋이 떠올렴서

산방산

쭉 뻗은 산록 도로
아침 햇살 내리쬐는 늦은 봄
바닷바람에
엷은 커튼 두르고
자꾸만 유혹하는 산방산
보일 듯 말 듯
목마른 사람 위해
물잔 위에 버들잎 띄우듯
과속하는 출근길을 잠재우려 함인가

경쟁하듯 달리던 출근 시간 지나서
하얀 면사포 벗으면
언제 그랬냐는 듯
가득한 여유를 부리다
나란히 서 있는 형제섬 바라보며
먼저 가버린 형 지긋이 떠올린다

ᄄᆞ신 받지 못ᄒᆞᆯ 귀ᄒᆞᆫ 거

오랜만이 ᄎᆞᆽ아온 ᄌᆞ식이 반가완
돌아올 때 이거저거 앗아 준다
ᄀᆞᇀ이 앗아 온 풋마농을 ᄌᆞ를진 핑게로
냉장고 ᄒᆞᆫ 펜이 박아 낫다
메틀 후제
뜽금에웃이 어머니 부고 기벨에
그늘우지 못 ᄒᆞᆫ 쿼스러움이 톱질 ᄒᆞᆫ다

일뤠만이 장ᄉᆞ 치르완
집이 오란 ᄌᆞ냑 츨리젠 ᄒᆞ는디
냉장고 소곱이 놔둔
ᄄᆞ시 받지 못ᄒᆞᆯ 귀ᄒᆞᆫ 풋마농
어머니 ᄄᆞᆷ내 밴 귀ᄒᆞᆫ 마지막 선물
정성딜영 요리ᄒᆞᆫ다
창문 트멍으로
어머니 모십이 붸려지는 것 ᄀᆞᇀ으다

다시는 받을 수 없는 귀한 것

오랜만에 찾아온 자식이 반가워
돌아올 때 이것저것 챙겨 주신다
같이 챙겨 온 풋마늘을 바쁘다는 핑계로
냉장고 구석에 박아 놓았다
며칠 후
뜻밖에 어머니의 부고 소식에
뒷바라지 못 한 죄스러움이 톱질을 한다

일주일 동안의 장례를 치르고
집에 와서 저녁 준비하는데
냉장고 속에 두었던
다시 받을 수 없는 귀한 풋마늘
어머니 땀내 배인 귀한 마지막 선물
정성을 다해 요리한다
창문 사이로
어머니 모습이 보이는 깃 같다

오월에 장미

ㄱ만히 ㄴ려앚인 아칙 으남
곧 올거 ㄹ은 푸린 하늘
어디레 가고정 ㅎ다

담베락 직산ㅎ영
고개 들렁 실그믓실그믓 기어올른다
오월 장미가 ㄴ을 든다

넘어가멍 중중거리는 발질
행인덜 소리에 귀 좌울이멍
어랑진 벌건 꽂으로 피어올른다

발콥을 세왕 창공을 올르듯이
경 톡 털엉 늘아올르고정 ㅎ다

오월에 장미

가만히 내려앉은 아침 안개
곧 다가올 것 같은 파란 하늘
어디론지 가고 싶다

담벼락에 기대어
고개 들고 슬금슬금 기어오른다
오월 장미가 얼굴을 든다

지나가며 웅성거리는 발길
행인들 소리에 귀 기울이며
싱그러운 붉은 꽃으로 피어오른다

발톱을 세우고 창공을 오르듯이
그렇게 툭 털고 날아오르고 싶다

왕왕작작헤난 셍이집

가근ᄒ게 퍼렁헤난 낭
엇그적게 ᄀᆞᆮ은디
낭섭 ᄒᆞ나 엇이
믄 빠젼나가 부런
ᄒᆞ가운디
썰렁ᄒᆞᆫ 셍이집 ᄒᆞ나
고적ᄒ게 앚안 싯다
오멍가는 사름덜 발자곡 소리
누겔 기다림인고
귀 ᄌᆞ울이는 것 ᄀᆞᆮ으다

믄딱
짝을 춫안 가분
왕왕작작헤난 텅텅 빈 셍이집
나가 살아난
어머니 집추룩

시끌벅적했던 새집

다복하게 푸르렀던 나무
엊그제 같은데
나뭇잎 하나 없이
다 빠져나가 버렸다
한가운데
썰렁한 새집 하나
고적하게 앉아있다
오가는 사람들의 발걸음 소리
누구를 기다림일까
귀 기울이는 것 같다

모두가
짝을 찾아 가버린
시끌벅적하다 텅 빈 둥지
내가 살았던
어머니 집처럼

흠마흠마

훨훨 늘았저
어딘들 못 가카
특혜를 뭄껏 누리는 셍이덜

초저슬 철새
ᄇ름 탄이네 제주 섬더레
여혜여 왓고나

아스라ᄒ 전깃줄에 거멍케 줄을 삿당
어떤 땐 하늘을 무대삼앙
상모돌릴락 강강술레 춤을 추주

경ᄒ당
얌전ᄒ게 줄지완 세완 놔둔
ᄌ동차 웃터레
점찍을락 심벡도 ᄒ주기

어떤 땐

독이 들어이신 걸 몰랑
엄탁ᄒ영 먹기도 헷주기

경홀 땐
죽어시카부덴
아가기여
끗이카부덴 헤신디

ᄆ소운 사름덜이
진 바농을 들런 나타난
꼬옥 찔러신디
늘 아가지는 신비홈
깍깍 깍깍
살아낫고렌

벵심ᄒ엉
잘 놀당 가라이

하마터면

훨훨 난다
어디인들 못 갈까
특혜를 맘껏 누리는 새들

초겨울 철새
바람 타고 제주 섬으로
날아왔구나

아스라한 전깃줄에 까맣게 줄을 섰다가
때로는 하늘을 무대 삼아
상모돌리기 강강술래 춤을 추지

그러다
얌전하게 줄지어 세워둔 자동차 위로
점찍기 시합을 하곤 하지

때로는
독이 들어있는 걸 몰라
게걸스럽게 먹기도 하지

그럴 때는
죽었다고 생각했는데
아프다
끝일까 했는데

무서운 사람들이
긴 바늘을 들고 나타나
꾸욱 찔렀는데

날아갈 수 있는 신비함
깍깍 깍깍
살아났다고

조심히
잘 놀다 가렴

짐겟 동산

한 질에 큰큰흔 폭낭이 이서난디
ᄌ동차만 쌩쌩 돌렸다
낭은 엇어져불고

두 폴 벌령 안아줘난 폭낭
지친 사름덜 쿰어줘난 디

어떵ᄒ당 흔 번썩 오는
사름덜광 짐을 ᄀ득 실른 버스
동산을 흔 번 님쟁 ᄒ민

어머니 진 흔 숨추룩
멧 번을 밖아내사 올라삿주

한 질에 폭낭이 이서난디
밧디 갓당 오는 질에
정 가단 보릿짐 ᄂ려낭 ᄒ꼼 쉬노렝 ᄒ민
송골송골 똠으로 맺인 어머니 양지

온 심을 다ᄒ영
ᄆᆞ지 내우멍 둘리는 버스
어머니 눈썹을 헤양케 기려낫주기

이젠 폭낭도 ᄆᆞ딱 엇어져분
쭈욱 번은 아스팔트 질
ᄌᆞ동차만 말엇이 둘렸다

짐겟 동산

한 길에 커다란 팽나무가 있던 곳
자동차만 쌩쌩 달린다
나무는 없어지고

두 팔 벌려 안아주던 팽나무
지친 사람들 품어주던 곳

어쩌다 한 번씩 오는
사람들과 짐을 가득 실은 버스
고개를 한 번 넘어서려면

어머니의 긴 한숨처럼
몇 번을 토해내야 올라섰지

한 길에 커다란 팽나무가 있던 곳
밭에 다녀오시던 어머니
지고 가던 보릿단 내려놓고 쉬노라면
송골송골 땀으로 맺은 어머니 얼굴

온 힘을 다해
먼지 일으키며 달리는 버스
어머니 눈썹을 하얗게 그려놓았지

이제 팽나무도 모두 사라진
쭉 뻗은 아스팔트 길
자동차만 말없이 달린다

셍이도 가출을 흔다

알 깨완 나온 지 얼메나 뒈시코
솜털도 안적 연흔디
졸바로 늘지도 못ᄒ는 두린게
창살 ᄉ이로 튀어들언

반가움에 잊엇단
아덜 두린 시절 떠올리곡

어떵 알안 촞아와신지 어멍 셍이
ᄒ지 글렌 홍여도 ᄭᅳ떡ᄒ지 안 ᄒ곡

이디 ᄒ꿈 싯게 해줘시민 좋을 거 닮은디

아방 셍이 들려완
ᄒ저 늘아보렌 홍인다

아바지 설득은
아모도 당ᄒ질 못ᄒ는 셍이라

아으딜 두릴 때 경 ᄒ엿듯이

가부는 벗이 아숩주만
책폴 들짝들짝 싼 줫주

서툰 늘게기 심껏 펠치멍 늘아간다
가속 쿰으로

새도 가출을 한다

알을 깨고 나온 지 얼마나 됐을까
솜털도 아직 어린데
제대로 날지도 못하는 녀석이
창살 사이로 뛰어들었다

반가움에 잊었던
아들 어린 시절 떠올린다

어떻게 알고 찾아왔는지 어미 새
어서 가사 나ㄴ쳐도 ㅆ떡하시 않느나

여기 좀 있게 해주었으면 좋으련만

아빠 새 쫓아와
어서 날아보라 으름장을 놓는다

아빠의 설득은
아무도 당하지 못하나 보다

아이들 어릴 적 그랬듯이

가는 친구가 아쉽지만
책가방을 주섬주섬 챙겨줬지

서툰 날개 힘껏 펼쳐 날아간다
가족의 품으로

서귀포 가멍1

넘은 초 름에 피엇단 헤양 든 장미
 벌써라 벌겅케 을 매로 인 든 엾다
 찻질 또랑 비크렝잇 질
 단풍덜이 곱닥 든 게 페와전 싯다

 꼬불랑꼬불랑 질을 또랑 올라가민
 몸뗑이도 끝이
 이레 흔들 저레 흔들 갈대가 뒈곡
 물덜은 언브 름에 어드레 가신지
 억새꼿 저연 든 게 머리 세엇다

 성판악 가차와지멍
 차덜은 입짐을 불곡
 사름덜토 언지사 둑지 올리곡
 낭가젱이에 들아진 단풍덜
 언 브 름 무 스완 바둥거렸저

서귀포 가며1

지난 초여름에 피었던 하얀 들장미
어느새 빨간 열매로 인사를 한다
찻길 따라 가파른 길
단풍들이 아름답게 펼쳐있다

꼬불꼬불 길을 따라 올라가면
몸도 같이
이리 흔들 저리 흔들 갈대가 되고
말들은 찬바람에 어디로 갔는지
억새꽃 처연하게 머리 세었다

성판악 가까워지며
차들은 입김을 뿜고
사람들도 추운지 어깨 움츠리고
나뭇가지에 매달린 단풍들
추운 바람 무서워 바둥거린다

서귀포 가멍2

꼬불랑꼬불랑 산남디레 가는 내리막질
구름 스이로 햇벳이 양지 내민다
ᄂᆞ려올수록 ᄎᆞᆾ 떠올르는 구름
한락산 둘레질로 ᄂᆞ려올 때민
ᄆᆞᆰ은 하늘 내밀멍 반갑게 맞아주주

뱅글뱅글 ᄂᆞ려오는 버스는
비영게 하늘에서 ᄂᆞ려앚는 의식추룩
돌곡 돌멍 ᄂᆞ려오는 질
하늘에 구름이 이레 갓닥 저레 갓닥
입석동을 맞인다

이제 다 돌아신가 헤신디
안적도 멧 바쿠
멧 번을 더 돌고 돌앙
펜고이ᄒᆞᆫ 하례리를 마줌ᄒᆞ주

산 너머 흐릿ᄒᆞᆫ 날쎄ᄒᆞ곤

ᄉ뭇 ᄯᅡ난 ᄆᆰ고 푸린 하늘
창문으로 들어오는 벳살
두문두문 올르는 승객덜
입은 옷은 얄릅곡 게베완
산 넘언 온 나ᄒ곤
ᄉ뭇 달른 옷츨림
펜펜ᄒᆞᆫ 뒷빌레 질을 들린다

서귀포 가며2

꼬불꼬불 내리막길
구름 사이로 햇볕이 고개를 내민다
내려올수록 점점 떠오르는 구름
한라산 둘레길로 내려올 때면
맑은 하늘 내밀며 기꺼이 맞아준다

뱅글뱅글 내려오는 버스는
비행기 하늘에서 내려앉는 의식처럼
돌고 돌며 내려오는 길
하늘에 구름이 이리 갔다 저리 갔다
입석동을 맞는다

이제 다 돌았나 싶었는데
아직도 몇 바퀴
몇 번을 더 돌고는 편안한
하레리를 맞이하지

산 너머 우중충한 날씨와는

사뭇 다른 맑고 푸른 하늘
창문으로 들어오는 햇살
중간중간 오르는 승객들
입은 옷은 얇고 가벼워
산 넘어온 나와
너무 다른 옷차림
평평한 뒷빌레 길을 달린다

3 봄 름 앗

글아주고정 흔 질

트멍트멍 사름덜 왓닥 갓닥 흐는 질
그 질은 좁작흔 질이랏다
질광 질 스이엔 딴 질도 싯다
질은 좁작혜도

둘이 걸으민 좋은 질이라
ᄌ동차가 엇어도
소곤닥 ᄒ멍 걷당 보민
기냥 멎ᄀ정 ᄒ여

이 질을 글아주ᄀ정 ᄒ여
푸릿흔 입셍귀에 둘아진 이슬이
말을 거는 질
봄을 불르는 상내가 베려지주

ᄂ신디
이 질을 글아주ᄀ정 ᄒ여

말해주고 싶은 길

틈틈이 사람들이 오고 가는 길
그 길은 좁은 길이었다
길과 길 사이에 다른 길도 있다
길은 좁지만

둘이 걸으면 좋은 길이다
자동차가 없어도
귓속말로 걷다 보면
그냥 머물고 싶어진다

이 길을 알려주고 싶다
파릇한 잎사귀에 매달린 이슬이
말을 거는 길
봄을 부르는 향기가 보인다

너에게
이 길을 알려주고 싶어

철닥산이추룩

ㅂ름 부는 개깟디

혜양흔 모물 꼿추룩 절친다

꼿밧인 중 알안

발을 둥그젠 흔다

절은 쎈디

자꼬만

욕망에 끗은 어디꼬진고

철닥산이추룩

펜펜흔 풀밧도 싯곡

ㅂ름으시 홀 디도

춧이민 할 건디

그디가

어떵흔 딘 중도 몰르멍

흔 번 둥가볼 셍이라

철부지처럼

바람 부는 바닷가
하얀 메밀꽃처럼 파도친다
꽃밭인 줄 알고서
발을 담그려 한다
물살은 거친데
자꾸만
욕망의 끝은 어디까지인가
철부지처럼
펀펀한 풀밭도 있고
바람 의지할 곳도
찾으면 많을 텐데
그곳이
어떤 곳인지를 몰라
한 번 담가볼 참인가 보다

둘이 벨흐게 붉은 올레

벨흐게 붉은 둘이

어느 즈르에
지구의 반을 넘어
눈절이 머지는디
저 둘은
무사 이추룩도 붉은디사
가부는 차창 베껏디 풍광덜
나 무심도 굴이 뜨랑가는디
추추 가차이 오는 올렛실
뜨시 만날 입낙은
안적인디
무신 것이 경 급흔 건지
찬 눈치 엇이
뺄르게 둘려가곡

둘은 저추룩도 붉은디

달이 유난히 밝은 골목

유난히 밝은 달이

어느 사이
지구의 반을 넘어
시선이 머무는데
저 달은
왜 이리도 밝은지
밀려가는 차창 밖 풍경들
내 마음도 같이 따라가는데
점점 다가오는 골목길
다시 만날 기약은
아직인데
뭐가 그리 급한 건지
차는 눈치 없이
서둘러 달려간다

달은 저리도 밝은데

명의 춫아 역사 나들이

인형극을 체얌 ᄒ는 날
여의주를 굴리는 진국태를 만나곡
역ᄉ 나들이 가는 날
ᄄ시 ᄒ번 봣주기
무덤ᄉ방 돌아보난
웨롭지는 안 ᄒ커라
노랑케 핀 꼿덜 ᄉ이 앚안
ᄒ디 어울리멍
유희추룩 춤추는 걸 보앗주

먼 질 춫아오젠 ᄒ난 종애 아프덴
산 담 우티 앚아둠서
살아이실 때추룩
빙 고쳐줍센 중은중은
명의 춫아온 짐에
이디저디 아픈디
ᄆ 털어치와뒁 갈 셍이다

명의 찾아 역사 나들이

인형극을 처음 하는 날
여의주를 굴리는 진국태를 만나고
역사 나들이 가는 날
다시 한번 보았지
무덤가를 둘러보니
외롭지는 않겠네
노랗게 핀 꽃들 사이 앉아
함께 어울려
유희처럼 춤추는 걸 보았지

먼 길 찾아오려 하니 다리 아프다
산 담 위에 앉아서
살아있을 때처럼
병 고쳐달라고 중얼중얼
명의 찾아온 김에
여기저기 아픈 곳
다 떨쳐버리고 갈 기세다

폭낭 치메만 쫄라젼

치메끝이 지랑해난 낭가쟁이
두 풀 벌련 안아줘난 것이
뜰라진 질에 맞추완
유행 뜨라가듯
쫄른 치메로 글아입엇다

세벡부떠 앞두투멍
줍음 놓으멍 화륵기 둗단
그딘
올래부떠 사름이 언제 뎅여가나신지
울담에 능수화 화려홈이 쏠쏠ㅎ곡

고단흔 검질덜이 알암신지 몰람신지
나도 몰르게 가는 손
피ㅎ지 못ㅎ연 뽑아져 부런
셍각ㅎ연 보난
느네덜이 이 집을 지키멍 이서신디

팽나무 치마만 짤렸다

치마같이 늘어졌던 나뭇가지
두 팔 펼치고 안아주었던 것이
뚫린 도로에 맞추어
유행 따라가듯
짧은 치마로 갈아입었다

새벽부터 앞다투어
젓가락 놓자마자 뛰어가던
그곳에는
골목부터 사람이 언제 다녀갔었는지
울담에 능수화 화려함이 쓸쓸하고

고단한 잡풀들이 아는지 모르는지
나도 모르게 가는 손
피하지 못하고 뽑히고 마는
생각해보니
너희들이 이 집을 지키고 있었는데

기는 것덜이 넹긴 발자곡

언치냑이
들벵이덜이 모다전
축제를 벌린 모냥이다
감쪽글이
폐적덜을 넹긴 걸 보민

안적도
축제는 끗나지 안ᄒ연
사라봉 우티로 으남이
슬금슬금
무대를 꾸멈서

태보 탱고 리듬체조 에어로빅 차차차
무대 우티레 나오렌
기어가멍
꾸며논 것덜이
엇어지기 전이

기는 것들이 남긴 발자취

어젯밤
달팽이들이 모여
축제를 벌인 모양이다
감쪽같이
흔적들을 남긴 걸 보면

아직도
축제는 끝나지 않았다
사라봉 위로 안개가
슬금슬금
무대를 꾸민다

태보 탱고 리듬체조 에어로빅 차차차
무대 위로 나오라고
기어가며
꾸며놓은 것들이
사라지기 전에

똑기 셔사 홀 사름

살아왓듯 기영 살민 뒈주
어디 일낫젱 ᄒ민
두 폴 걷어 부청 지일추룩
고맙뎅 ᄒᆞᆫ 말 듣젱 ᄒ는 건 아니엥 ᄀᆞᆯ아가멍

ᄒᆞᆫ두 번 경헤시민
ᄄᆞ신 들려들지 안 홀 직도 ᄒᆞᆫ디
안 가젱 헤도 불르는 소리가 들령
좋은 소리 듣젱 ᄒᆞᆫ 건 아니엥 ᄀᆞᆯ아가멍

하간 일에
그만이 나사지 맙셍 ᄒᆞ여봐도
이 사름 성품산디
기영 기영 살게마씸
나라도
경 ᄀᆞᆯ아줘사주

꼭 있어야 할 사람

살아왔듯 그리 살면 되지
어디 일이 났다 하면
두 팔을 걷어 올리고 자기 일처럼
고맙단 말 들으려 한 것은 아니라며

한두 번 그랬으면
다시는 달려들지 않을 것도 같은데
안 가려 해도 부르는 소리가 들려서
좋은 소리 들으려 한 것은 아니라며

이 일 저 일에
그렇게 나서지 말라 해봐도
이 사람 성정인지
그래 그렇게 살아요
나라도
그렇게 밀해줘야지

험벅눈

험벅눈이 프들프들 ᄂᆞ리는 날
신작로 질을 ᄄᆞ라간다
ᄆᆞ숩고 짠 내 나는 볼멘 ᄇᆞ름도
그 질을 막지 못ᄒᆞᆫ다

험벅눈이 ᄂᆞ리는 질
양펜 질에 늘어산
빼꼼 ᄋᆞᆯ 아진 눈덜이
숨죽영 넘어가길 지들린다

소맷단 굴메들멍 훔치멍 ᄄᆞ라가는
삼베 치메 입은 소녜

험벅눈추룩 헤양케 웃어줘난 양지
험벅눈이 유리창에 헤양케 붙엇당
주룩기 흘쳐ᄂᆞ린다

함박눈

함박눈이 펄펄 내리는 날
신작로 길을 따라간다
매섭고 짠 내 나는 볼멘 바람도
그 길을 막지 못한다

함박눈이 내리는 길
양쪽 길에 늘어선
빼꼼 열린 눈들이
숨죽여 지나가길 기다린다

소맷단 번갈아 훔치며 따라가는
삼베 치마 입은 소녀

함박눈처럼 하얗게 웃어주던 얼굴
함박눈이 유리창에 하얗게 붙었다
주르르 흘러내린다

선흘 ᄆᆞ슬 불칸낭

앞모십만 봥은
그 진실을 몰른덴 ᄒᆞ는 ᄉᆞ실
될 봔 알앗수다
분쉬엇인 뿐쟁인 중만 알앗수다
들 뱅이추룩 ᄒᆞ연 말이우다
어떵ᄒᆞᆼ당 뿔을 네밀기도 ᄒᆞ주기

넹중에사 안 ᄉᆞ실은
아픔을 안아둠서
70년 넘게 ᄌᆞ디멍 실아왓다는 거우다
경ᄒᆞ난 산디 인기척이 하젓수다
하간 셍이덜 늘아왕
벗이 뒈어 줌도 흡니다

거멍케 타들어 간 불칸낭
ᄄᆞᆫ 씨를 쿰엉 크는 만이
아픔이 넘어가길 지들립니다
벗이 뒈 주는

몰르는 벗덜을
웨대멘 ㅎ지 안 홉니다

송악 줄겡이가
어름씰멍 벋어감수다
거멍ㅎ게 파진 여린 슬 소곱에
자리 잡은 폭낭
지저운 햇벳을 막아쥠수다

담쟁이덩굴
일름 몰른 이끼덜이
불칸낭 소곱을 그늘염수다
더는 아픔을 주지 말젠
콩란이 더듬더듬
듯듯ㅎ 손질로 안아쥠수다

선흘리 불에 탄 나무

앞모습만 보고는
그 진실을 모른다는 사실
뒤를 보고 알았습니다
분별없이 멋만 부리는 줄 알았습니다
달팽이처럼 하고서 말입니다
간혹 뿔을 내밀기도 하거든요

나중에야 안 사실은
아픔을 안고서
70년을 넘게 버티어 살아왔다는 겁니다
그래서인지 인기척이 많아졌어요
온갖 새들 날아와
벗이 돼 주기도 합니다

불에 까맣게 타들어 간 나무
다른 씨앗을 품고서 자라는 만큼
아픔이 지나가길 기다립니다
벗이 되어주는

낯선 친구들을
거부하지 않아요

송악 줄기가
어루만지며 뻗어갑니다
까맣게 파인 여린 살갗 속에
자리 잡은 팽나무
따가운 햇볕을 가려줍니다

담쟁이덩굴
이름 모를 이끼들이
불에 탄 나무 속을 보살핍니다
더는 아픔을 주지 말자고
콩란이 더듬더듬
따스한 손길로 안아줍니다

베 등길락

빗질 우티로
엔간이 흐렌
즈동차 웨울르멍 들린다

꼴 싱그린 날쎄도
급급 흐긴 메혼가진 셍이라
즘뿍 웅크려둠서

내창서 용낫젱
혜난 시절
그때도 경 혜신디

팽팽이 둥기는 베
인구수 비례
출생아 비례
미래돌봄 노인 인구 비례

지들리단 날짠 돌아왐신디
헐린 짚어감신디

언 땅서

여린 복수초

뜰랑 나왐신디

줄다리기

빗길 위로
적당히 하라고
자동차 소리치며 달린다

찌푸린 날씨도
답답하긴 마찬가지인가 보다
잔뜩 웅크리고서

개천에서 용 났다고
하던 시절
그때도 그랬는데

팽팽히 당기는 줄
인구수 비례
출생아 비례
미래 돌볼 노인 인구 비례

기다리던 날짜는 다가오는데
상처는 깊어가는데

언 땅에서

어린 복수초

뚫고 나오는데

♀망진 고망득새

느량 집이만 박아정 이신
고망득새엥 불르는 ㅅ춘이 이신디

봄이 뒈민 구덕 ㅎ나 들러아정
미네기영 속 ♀라 가지 ㅎ영 오는디
ㅎ는 거 답지 안 ㅎ디
ㅎ 여이에 ㅎ 구덕

"가게 난 이거민 뒈여"
ㅎ 거 뷀러 보난
♀망지게 ᄌ근ᄌ근 슴빡ㅎ게 체완
잘도 요망진 아으여 헤신디

메틀 전이 두릅 ㅎ 쏠 ㅎ여단 주고테
"고마와이"
"따시 갈 때랑 나도 ᄀᆮ이 ᄃᆞ령 가라"
"예 경ᄒᆞᆸ서" ㅎ여뒌
이 핑계 저 핑계로

노시 시간을 못 맞추완
솔쩍이 아칙 일찌거니 쫓안 가봣주
경ᄒᆞ디 이거 무사
으남이 ᄂᆞ려 완 오꼿 질을 유여부런

두릅 고단은 고사ᄒᆞ고
기냥
ᄋᆞ망진 ᄉᆞ춘 이신 걸로 만족ᄒᆞ기로

고망 득 새옌 내무리는디
고망 득 새랑 마랑
잘도 ᄋᆞ망진 아시라

야무진 집순이

언제나 집에만 박혀 있는
집순이라 부르는 사촌이 있는데

봄이 되면 바구니 하나 들고서
미나리며 쑥 여러 가지 캐고 오는데
하는 것 같지 않은데
어느 틈에 한 바구니

"가자 난 이거면 돼"
한 것을 보니
차곡차곡 가득 채워
매우 야무진 아이라고 했는데

며칠 전에 두릅을 조금 갖다 주길래
"고마워"
"다음에 갈 때는 나도 같이 데리고 가"
"예, 그래요" 해놓고
이 핑계 저 핑계로

전혀 시간약속을 하지 못하자
살짝이 아침 일찌감치 쫓아가 보았지
그런데 이게 웬일
안개가 내려와 그만 길을 잃어버렸네

두릅 고단은 고사하고
그냥
야무진 사촌 있는 것으로 만족하기로

집에만 있다고 내려봤는데
집순이는커녕
아주 야무진 동생이야

4 그 봄 맛

나 스랑 가이리 멜치

생성이 질이엥 헤도 그런 거 난 몰르켜
이디 이 밥상에 올르기 꼬진
물에서 뭍으로 한한흔 여정이 이섯주

나도 이디에 정착ㅎ기꼬지
손꼬락 다 페와도 세지 못ㅎ 만이
한한흔 고빌 나들단 이디꼬지 왓주

이제 이 밥상서 날 만난
곰세기 보단도 더 무소운 진 터널 소곱이서
줄근줄근 씹히고 마는
신세가 뒈어부럿고나

약방에 감초옝 ㅎ민
는 건어물 점방서 왕초여
나가 느 일름을 넹겨주켜 가이리야

내 사랑 가이리 멸치

옥돔이 최고라지만 그런 거 난 몰라
여기 이 밥상에 오르기까지
물에서 뭍으로 많은 여정이 있었지

나도 이곳에 머무르기까지
열 손가락을 다 펴도 못 셀만큼
많은 고난을 넘나들다 여기까지 왔지

이제 이 밥상에서 나를 만나
고래보다 더 무서운 긴 터널 속에서
잘근잘근 씹히고 마는
신세가 되었구나

약방에 감초라면
너는 건어물 가게에서 왕초지
내가 니의 이름을 남겨줄게 가이리야

큰 낭

등을 돌령 살기로 ᄒ엿다
큰 낭에 둘린 낭가젱이
손짓 발짓으로
등을 대영 흔펜만 ᄀ르친다
두터레 붸리는 건 애당초 몰르는
태어나기 전이부떠 애초 정헤젼 이섯다
ᄇ름이 방향을 바꽈주젱 헤도
이디ᄭ지 온 고집을 데끼지 못ᄒ다

몸부림치멍 빗어나젱 ᄒ민
늘아가고정 흔디레
알앙 지 갈 질을 가랜 ᄒ엿다
가당 심이 들어도
오지 못홀 거라고

흔 번 등 돌리민
돌아상 가기가 에려운 거추룩

큰 나무

등을 돌리고 살기로 했다
큰 나무에 달린 나뭇가지
손짓 발짓으로
등을 대고 한쪽만을 가르친다
뒤돌아보는 건 아예 모르는
태어나기 전에부터 이미 정해져 있었다
바람이 방향을 바꿔주려 해도
여기까지 온 고집을 버리지 못한다

몸부림치며 벗어나려 하면
날아가고 싶은 곳으로
알아서 제 갈 길을 가라 했다
가다가 힘겨워도
오지 못할 거라고
한 번 등을 돌리면
돌아서 가기가 어려운 것처럼

독버섯

독을 쿰은 건
날 위흔 건 아니엇주
양추룩 순흔 버섯이랏주기

어느 날부떠산디
자꼬만 느 ᄆ심을 쿰고정 ᄒ연
ᄒ꼼썩 늘 향흔 ᄆ심이 짚어져가멍
유혹ᄒ는 빗깔로 벤흔 거주기
조건이 이섯주
아름다운 빗민이 독을 쿰어사 ᄒ는

아모리 봄이 피는 꼿
ᄉ계절 곱닥흔 것덜을 늘어봐도
반ᄒ민 어떵도 못ᄒ는 셍이라
아모리 똔 것덜을 붸와줘도
느신딜로 눈이 가는 건
어떵도 못ᄒ는 운멩 궅은 거

독버섯

독을 품은 건
나를 위한 것이 아니었지
양처럼 순한 버섯이었지

어느 날부터인가
자꾸만 너의 마음을 깃고 싶어
조금씩 너를 향한 마음이 깊어질수록
유혹의 빛깔로 변한 거야
조건이 있었지
아름다운 빛만큼 독을 품어야 하는

아무리 봄에 피는 꽃
사계절 아름다운 것들을 늘어놓아도
꽂히면 어쩔 수 없나 보다
아무리 다른 것들을 보여주어도
너에게로 눈이 가는 건
어쩔 수 없는 운명 같은 것

킥보드 탕 들린다

오구릴 필요가 엇다
기페왕 살고정 ㅎ엿다
넛닥 일아낫닥 안 헤도 될 거난
꿈을 꿔도 앞이만 보멍 가젓다

준둥이광 다리가 뻣뻣이 야게기 들멍
살아가야 할 새로운 나 이상이 셍겻다
킥보들 탕
시상을 늘아뎅이는 거

줌도 킥보드서 잔다
꼿꼿ㅎ게 상
나 어깨 쫘악 페와줄
나신디 딱 맞는 킥보드

킥보드를 타고 달린다

굽힐 필요가 없다
기 펴고 살고 싶었다
누웠다 일어났다 하지 않아도 되니
꿈을 꾸어도 앞만 보고 갈 수 있었다

허리와 다리가 뻣뻣이 고개 들면서
살아가야 할 새로운 나의 이상이 생겼다
킥보드를 타고
세상을 날아다니는 것

잠도 킥보드에서 잔다
꼿꼿하게 서서
내 어깨 지탱해 줄
나에게 딱 맞는 킥보드

밥솟 ᄀᆞ튼 스랑

우리 아덜 장게 가젠ᄒᆞ난
입에 춤도 안 ᄇᆞᆯ란
장게 가민 스답도 다 ᄒᆞ곡
밥이영 반찬도 다 ᄒᆞ곡
소지영 설거지도 다 ᄒᆞ켄

우티 어른 안 닮안 스망이여 헤신디
장게 가난 간세들언
각신 부에나곡
달렘으로 양단자에 고이 앚전
쏠 씻어 밥을 앚저ᄂᆞᆫ이네

소곤닥ᄒᆞ는 딸랑이 소리
ᄆᆞᆷ심도 ᄂᆞ려앚곡 스랑도 익어간다
치익치익 접근금지
정으로 뜸 딜이는 중, 밥이
익어가듯 코시롱ᄒᆞ게 스랑도 익어값저

밥솥 같은 사랑

우리 아들 장가가려 하니
입에 발린 소리
결혼하면 빨래도 다 하고
밥이랑 반찬도 다 하고
청소랑 설거지도 다 할게

웃어른 안 닮아서 다행이다 했는데
결혼하니 게을러져
색시는 화가 나고
달래기 작전으로 양탄자에 고이 앉혀
쌀을 씻어 밥을 얹어놓고

소곤거리는 딸랑이 소리
마음도 내려앉고 사랑도 익어간다
치익치익 접근금지
징으로 뜸 들이는 중, 밥이
익어가듯 고소하게 사랑도 익어간다

부에난 아은싯 뒌 하르바지

"이녀리 조석덜아 이레 보라."
"꽂이 활싹 피어시네?"
"전와기만 붸리지 말앙 이딜 붸려보라."

들은 승 만 승 넘어가는 흑 셍덜 대력
"꽂이 어디 싯수과?"
하르바지 눗이 활싹 피었다
할마닌 집 올래 어귀에 앚앙
섬초롱꽂추룩 웃었다
이십 년 전이 양펜으로 싱거논
비자낭 우티로 능소화 두 줄겡이
이레 흔 쓸 붸려보랜
화장흔들 이추룩 고우카
하르바지 자랑흐고정 흔 뚤추룩
붸와주고정 흔디
넘어가는 사름덜 전와기만 보멍 간다
이추룩 곤 꽂을 붸리지도 안흐영 감서게

뿔난 93세 할아버지

"이 녀석들아 여길 좀 봐."
"꽃이 활짝 피었잖니?"
"핸드폰만 보지 말고 여길 봐봐."

듣는 둥 마는 둥 지나가는 청년들 대신
"꽃이 어디 있어요?"
할아버지 얼굴이 활짝 피었다
할머니는 집 골목 어귀에 앉아
섬초롱꽃처럼 웃고 있다
이십 년 전에 양옆으로 심어놓은
비자나무 위로 능소화 두 줄기
이리 좀 보라고
화장한들 이렇게 고울까
할아버지 자랑하고 싶은 딸처럼
보여주고 싶은데
오가는 사람들 핸드폰만 보며 간다
이렇게 고운 꽃을 아니 보고 가다니

조록낭 – 동화마을에서

정원 혼 모퉁이에 산 이신 조록낭
푸리게 살아와난 이와기 늘어났저
손짓 발짓으로
이디 정착ᄒ기꼬지 여정을

좌우로 뒈와짐을 감수ᄒ고
감곡 등기는 수난
발가락이 찌릿찌릿
전율을 느낄 때도 셧덴 ᄒ주

본치에 굴곡
어머니 주름보단 더 짚은
냇창추룩 파진 낭 지둥
진 혼숨을 돌린다

장대비 몰고와난 ᄇ름이
슬 쩍이 쿰어쥠신게

조록나무

정원 한 모퉁이에 서 있는 조록나무
푸르게 살아왔던 얘기를 늘어놓는다
손짓 발짓으로
이곳에 정착하기까지 여정을

좌우로 뒤틀림을 감수하고
감고 당기는 수난
발가락이 찌릿찌릿
전율을 느낄 때도 있었다지

흉터의 굴곡
어머니 주름보다 더 깊은
계곡처럼 파인 나무 기둥
긴 한숨을 돌린다

장대비 몰고 왔던 바람이
살며시 보듬어 안아준다

낭수국이 쿰은 절개 – 동화마을에서

즐르기 좋게 모게기 네어밀엉 알리운다
눈부신 백화 동산 위ᄒ영 목심을 걸엇다
목심 따윈 구걸ᄒ지 안ᄒ켄

모게기 쫄린 낭수국
쫄린디서 나오는 눈물에서 빗이 낲저
멀지 안ᄒ영 꼿이 필 걸 아는 것추룩

목심 네어놓킬 저ᄒ지 안 ᄒ영
고써살 땔 알앙
경ᄒ연 모게길 헤양케 벋엉 늘게짓 ᄒ주

낭수국 느로 ᄒ영
오널은 들이 트지 안헤도 뒈켜
동산 우티 헤양ᄒ 들 덜이 두둥실 올라올 거난

나무수국이 품은 절개

자르기 좋게 목을 내밀어 알린다
눈부신 백화 동산을 위해 목숨을 걸었다
목숨 따위는 구걸하지 않는다고

목이 잘린 나무수국
잘린 곳에서 나오는 눈물에서 빛이 난다
머지않아 꽃이 필 걸 아는 것처럼

목숨 내놓기를 주저하지 않는
물러날 때를 아는
그래서 목을 하얗게 뻗어 날갯짓한다

나무수국 너로 인해
오늘은 달이 뜨지 않아도 되겠다
동산 위에 하얀 달들이 두둥실 떠오를 테니

질 유여분 ᄀ슬이 들어산 질

구름이 혜양ᄒ게 뻬여진 하늘 알
할락산 퍼렁케 밑그림 기리곡
모드락모드락 ᄇᄀ룽이 덧칠 ᄒ엿네

잘못 탄 버스에서 화륵기 ᄂ런보난
ᄀ슬을 기린 화판이 ᄒ눈에 붸려진다

청기왜집 우영엔 간세둥이 ᄒ박
풀 베게ᄒ연 뉘둠서
질 일러분 나신디 발을 건다

ᄀ슬을 멩글아가는
ᄌ동차 운전ᄒ원 입구
우두겡이 산 이신 버스차부

질ᄀ디 가로수
ᄒ 섶 두 섶
ᄇ실락 털어지멍 벗헤 췜신게

길 잃은 가을이 들어선 길

구름이 하얗게 뿌려진 하늘 아래
한라산 파랗게 밑그림 그리고
군데군데 불그스레 덧칠을 했네

잘못 탄 버스에서 헐레벌떡 내려보니
가을을 그리는 화판이 한눈에 보인다

청기와집 텃밭에 게으른 호박
팔베개하고 누워
길 잃은 나에게 말을 건넨다

가을을 만들어 가는
자동차 운전학원 입구
덩그러니 서 있는 버스정류소

길가에 가로수
한 잎 두 잎
바스락 떨어지며 벗이 되어준다

흘긋흘긋

미신 것이 경 거실런
하늘이 줌뿍 꼴싱그런 싯다
천둥 번개로 부에 내는 것도 끝으곡

벵든 낭이 어떵홀 중 몰란
ᄆ소움이 하젼

상체길 돌라내영
약을 불라줘사 ᄒ는디
성난 구름으로 하늘을 ᄀ린다

빈 갤 중 몰르곡
언제민 이 비가 개코

ᄒᆞ저 풀을 올려부쳥
곱은 헐리
웃임꽃으로 피어사 홀 건디

조바심

뭐가 그리 거슬러서
하늘이 잔뜩 찌푸리고 있다
천둥 번개로 화를 내는 것도 같고

병든 나무가 어찌할 줄 몰라
두려움이 많아졌다

상처를 도려내고
약을 발라줘야 하는데
성난 구름으로 하늘을 가린다

비는 그칠 줄 모르고
언제쯤 이 비가 걷히려나

어서 팔을 걷어 올려
곪은 부스럼
웃음꽃으로 피어야 할 텐데

탐라문화제에 온 설문대할망

한라산 줄기뻗엉 ᄂᆞ려오는 비줄겡이
오널도 심에부천 ᄯᆞᆷ방울이 털어졌고나
ᄀᆞᆫ짝 산 아덜덜 ᄒᆞᆫ 멕영 살려사주
오백장군 ᄌᆞ식덜 죽솟 앞이 부려놔던
산지에 고운 물펭 ᄌᆞ냑ᄀᆞ슴 ᄒᆞ젠 ᄒᆞᆫ
들려오는 풍악 소리 온 ᄆᆞ슬이 잔친게
ᄆᆞᆷ쿡 먹어봅서 빙떡 ᄒᆞᆫ 번 먹어봅서
놀레 ᄒᆞᆫ 번 불르곡 춤도 ᄒᆞᆫ 번 추어봅서
초가집 ᄆᆞᆫ 일어뒁 제주어도 베와봅서
신지친 돌아보멍 시도 ᄒᆞᆫ 펜 지와봅서
ᄆᆞ음 큰 설문대할망 ᄆᆞ실 ᄆᆞᆫ 돌아보멍
에려운 일 싯걸랑 나 치메레 ᄆᆞᆫ 담으라
ᄌᆞ들메 ᄆᆞᆫ ᄀᆞ저당
저 먼 바당더레 강 데껴불커메

탐라문화제에 온 설문대할망

한라산 줄기 뻗어 내려오는 빗줄기
오늘도 힘에 겨워 땀방울 흘리는구나
우뚝 선 아들들 어찌 먹여 살려야지
오백 장군 자식들 죽 솥 앞에 내려놓고
산지에 고운 물 떠 저녁거리 하려 하니
들려오는 풍악 소리 온 마을이 잔치네
믐쿡 먹어봐요 빙떡 한번 먹어봐요
노래 한 번 부르고 춤도 한 번 추어봐요
초가집 다 일고 나서 제주어도 배워봐요
산지천 돌아보며 시도 한 편 지어봐요
마음 큰 설문대할망 마을 다 돌아보며
어려운 일 있거든 내 치마에 다 담으렴
걱정거리 모두 가져다가
저 먼바다로 가서 던져버릴 테니

쳇스랑 즈영게

시발 즈영겐 너미 즈미엇언
두 발로 굴르는 즈영게로 타고정ᄒᆞ엿주
어머닌 즈영게가 아니엔 ᄀᆞᆯ앗주
아버지도 즈영게가 아니엔 ᄀᆞᆯ앗주
ᄒᆞ주만 난 너미 쿰고 싶엇주
꼬짓꼬짓 모돠논 돈으론 어림도 엇엇주
지들리단 세벳돈으로 채와젓주기
ᄆᆞᆫ딱덜 곰곰이 셍각을 헷주
ᄉᆞ망일언 즈영겔 탄 흑교에 가젓주
아모도 나 귀혼 즈영세 ᄆᆞᆫ시민 안 뒈주
열쉐로 ᄃᆞᆫ ᄃᆞᆫ이 ᄃᆞᆼ여메엇주
공부 시간에도 즈영게만 생각ᄒᆞ민
가심이 튀엇주
끗나기 ᄆᆞ숩게 셍이추룩 늘안
즈영게신디 둘려왓주
꼬짓꼬짓 모돤 산 전 재산
아멩 촛아도 뷔려지지 안 ᄒᆞ연
집이 갈 땐

ᄌ영게영 ᄒ디 가사 ᄒ는디
아수움광 두려움이 눈벙뎅이추룩 커젓주

뭉케단 심내연
현관문을 달칵 을앗주

"어머니! ᄌ영게가 엇어젓수다."
"어! 기?"
"넹중에 또시 사민 뒈주게."
"이ᄌ 불게이?"

이제 서른이 넘언 곱닥ᄒ 각시가 ᄌ꼿디 서도
그 ᄌ영겐 자꼬만 셍각나

129

첫사랑 자전거

세발자전거는 너무 시시해
두 발로 구르는 자전거로 타고 싶었지
어머니는 자전거가 싫다고 하셨지
아버지도 자전거가 싫다고 하셨지
하지만 나는 너무나 갖고 싶었지
꼬깃꼬깃 모은 돈으론 어림도 없었지
기다리다 세뱃돈으로 채울 수 있었지
모두 다 곰곰이 생각을 했지
드디어 자전거를 타고
학교에 갈 수 있었지
아무도 내 귀한 자전거 건들면 안 되지
열쇠로 단단히 묶어놓았지
수업 시간에도 자전거 생각만 하면
가슴이 뛰었지
끝나기 무섭게 새처럼 날아
자전거에게 달려왔어
꼬깃꼬깃 모아서 산 전 재산
아무리 찾아도 보이지 않는 거야

집에 갈 때
자전거와 함께 가야 하는데
아쉬움과 두려움이 눈덩이처럼 커졌지

머뭇거리다 용기를 내고
현관문을 덜컥 열었지

"엄마! 자전거가 없어졌어요."
"어! 그래?"
"나중에 또 사면되지."
"잊어버리자?"

이제 서른 넘어 이쁜 색시가 옆에 있어도
그 자전거 자꾸만 생각나

숨비소리

유리같이 비친 물 우에
임뎅이 박으멍 깨어나오주
짚은 물 터널 소곱서 우러나오는
짚고 짚은 숨비소리

물추룩 여리듯
바우추룩 든든흔
어머니 숨비소리
바당추룩 거세곡
물소곱추룩 짚어라

하군 해녀 중군 해녀 상군 해녀
불턱서 불 부름씨 수줍단 애기 해녀
얖은 바당을 유유이 넘어산다
짚고 짚은 상군 바당
늘아가듯 누비당

늘아온 물소곱 질이만이
숨비소리 물절에 퍼지주

오래전이 어머니 또시 어머니로부떠
잇아온 태왁 망사리 빗창 글겡이
질게 잇아온
숨비소리 질어라

망사리 ᄀᆞ득채운
곱고도 짚은 숨비소리
푸린 물소곱추룩 묽아라

숨비소리

유리같이 강한 물 표면
이마를 들이박고 깨어 나온다
깊은 물 터널 속에서 우러나오는
깊고 깊은 숨비소리

물처럼 여리듯
바위처럼 단단한
어머니의 숨비소리
바다처럼 거세고
물속처럼 깊어라

하군 해녀 중군 해녀 상군 해녀
불턱에서 불 심부름 수줍던 아기 해녀
얕은 바다를 유유히 넘어선다
깊고 깊은 상군 바다
날아가듯 누비다

날아온 물속 길이만큼
숨비소리 물결에 퍼진다

오래진 어머니의 어머니로부터
이어온 태왁 망사리 빗창 호미
길게 이어온
숨비소리 길어라

망사리 가득 채운
곱고도 깊은 숨비소리
푸른 물속처럼 맑아라

김순이 시인의 시세계

시인의 시선이 머무는 곳에 서서

양영길 문학박사

1.

　시인들의 눈은 어디쯤 보고 있을까. 시간으로 치면 '지금'이 아닌 지난날을 바라보고 있다. 그리고 본인 얼굴로 치면 측면 상을 바라보고 있었다. 이 '지난날'과 '측면상'은 본인이 직접 볼 수 없다는 공통점이 있다. 지나간 시간을 볼 수 없는 건 말 할 필요도 없지만 본인의 측면상은 하나의 거울로는 아무리 해도 제대로 볼 수 없다. 요즘 프로필 사진을 줄여 '프사'라고 흔히 쓰는데, 프로필profile은 원래 '측면상'을 일컫는 말이다. 이를 두고 '측면의 편리함'으로 해석하기도 한다.

　김순이 시인의 시선도 그런 것 같다. 김 시인의 말을 빌리면, "맨드라미 가시 돋은 장미 대하듯/ 가까이하고 싶지만/ 다가 갈 수 없는/ 그런/ 거리를 두고서/ 바라만 봐야 하는"(「산다 는 것은」) 것이 시인의 시선인 것 같다.

2.

　김 시인은 "오월 장미가" "발톱을 세우"던 날, "가만히 내려 앉은 아침 안개"가 "고개 들고 슬금슬금"(「오월에 장미」) 눈치 보듯 세월의 마당을 지켜보고 있었다.

　　　　　뭉툭한 코에 부리부리한 눈
　　　　　정직한 양지에 꾸밈없는 몸매
　　　　　풍해 속에서도
　　　　　변함없이 잘도 살아왔구나
　　　　　그 커다란 눈으로
　　　　　무엇을 봤을까
　　　　　보며 가슴 터질 일들은 없었을까
　　　　　억울한 사람은 안 보였을까
　　　　　왜 안 보였을까
　　　　　이것저것 모두 삭이며 있으려니
　　　　　몸에 구멍이 송송 났지
　　　　　아파하는 사람도 많이 보았지
　　　　　고쳐주지 못하여
　　　　　겉과 속이 다 검게 탄 거지
　　　　　그래도
　　　　　그 자리에 가만히 딱 서서 지켜주니
　　　　　모두 다 힘이 팍팍 나 잘 살고 있지

　　　　　　　　　　　　　　　　　　　- 「돌하르방」 전문

　"부리부리한 눈" "그 커다란 눈으로/ 무엇을 봤을까". "아파하는 사람도" "보며 가슴 터질 일들"도 너무 많이 보았으나 어쩔 수 없이 속앓이만 했을 것 같은 김 시인. "겉과 속이 다 검게 탄" 돌하르방을 빌어 시인의 살아온 세월의 어디쯤에 서 있는 것 같다.

그냥 "그 자리에 가만히" 있어준 것만으로도 힘이 되어 주던 어머니에게 말을 건네듯 시간의 문을 열고 서 있다.

"봄이 아직 멀었음을 알고/ 납작 엎"(「냉이 잔뿌리」)드릴 때, "관덕정 앞마당에" 가서 '낭쉐몰이'하며 "궂은일 다 물러나"라고 "좋은 일 들어오게"(「새 절 드는 날 1」) 해 달라고 두 손을 모으고 있다.

오고 가는 물결에
가슴에 담았던 말들을 던진다
모래 위에 편지 써서 파도에 띄우는
바다가 있어서 좋다

투정도
귀 기울여 들어주고
다 받아주는
바다가 있어서 좋다

하얀 거품 내며 파도칠 때도
토닥이며 근심 모두 씻어주는
봄 햇살에 무꽃 같은
어머니 모습이 보이는
바다가 있어서 정말 좋다

-「그래서 바다가 좋아」 전문

"하기 어려운 말/ 참음으로 못 한 말", "가슴에 담았던 말들"로 "괴로워 몸살을 앓"(「꿈을 꾸는 바다」)아야 했다, 시인은. 김 시인에게 꿈을 꾼다는 것은 때로 몸살을 앓는 것이기도 했다.

"오고 가는 물결에/ 가슴에 담았던 말들"을 풀어놓아 버리면 비로소 "봄 햇살에 무꽃 같은/ 어머니 모습이 보"였다. "투정도/ 귀 기울여 들어주고" "토닥이며 근심 모두 씻어주"던 "어머니 따스한 숨소리"(「냉이 잔뿌리」)가 시인의 얼굴이었다.

유리같이 강한 물 표면
이마를 들이박고 깨어 나온다
깊은 물 터널 속에서 우러나오는
깊고 깊은 숨비소리

물처럼 여리듯
바위처럼 단단한
어머니의 숨비소리
바다처럼 거세고
물속처럼 깊어라

하군 해녀 중군 해녀 상군 해녀
불턱에서 불 심부름 수줍던 아기 해녀
얕은 바다를 유유히 넘어선다
깊고 깊은 상군 바다
날아가듯 누비다
날아온 물속 길이만큼

숨비소리 물결에 퍼진다

오래전 어머니의 어머니로부터
이어온 태왁 망사리 빗창 글 겡이
길게 이어온 세월만큼 숨비소리 길어라
망사리 가득 채운 곱고도 깊은 숨비소리
푸른 물속처럼 맑아라

-「숨비소리」 전문

"재잘거리던 새 둥지가/ 어느 사이/ 빈 둥지"가 되었다. 시인은 그 빈 둥지. "그 주위를 맴돌던/ 말들을 찾아" "낭푼이 밥상을 차"리고 "오래전/ 할머니가 부르던/ 자장가 소리"(「시인의 말」) 펼쳐 놓듯 '지난날'의 세월을 더듬어 살피고 있다.

3.

시인에게는 '측면상'을 볼 수 있는 남다른 거울이 있는 것 같다. 고개 돌려 측면의 얼굴을 보려고 하면 거울 속에서도 고개가 돌아가버려 결국 절반의 측면상 밖에 보지 못한다. 그러나 시인에게 마음의 거울은 그 옆 마음 속까지도 읽어내는 거울을 가지고 있다.

어릴 적 교회 다녔다 하는
백년손님
절에 간다고 하니

데려가야 할지 말아야 할지
하나님한테 한 소리 들을 것도 같고

그러면 관광 가자
천왕사로
종교를 떠나서
아이들
보고 배우는 교육도 있을 테고

절로 들어가는 길
색색으로 줄지어 달아놓은 등
아이들
해 만지듯 달 만지듯
만지겠다 보챈다

할머니는 아이들 손 잡고 가니 땀난 것도 모르고
아이들은
할머니랑 같이 가서 지친 줄 모르고
아기 부처님은
아이들이 목욕을 시켜주니
기뻐서 미소 짓고

- 「해 만지듯 달 만지듯」 전문

"어릴 적 교회 다녔다 하는/ 백년손님/ 절에 간다고 하니/
데려가야 할지 말아야 할지/ 하나님한테 한 소리 들을 것도
같"다는 시인이 고민.

시인만의 고민이 아닌 우리 사회의 고민이기도 하다.

새로운 가족과의 종교 문화적 문제를 슬기롭게 풀어나가는 시인의 발상이 이채롭다. 아직 종교적 이념이 없는 순수한 아이들이 호기심. 이런 순수함이 종교 본연의 모습이 아닐까 생각해 본다.

"해 만지듯 달 만지듯" 그런 시선으로 세상을 바라보는 시인만의 마음 속 눈이 있었다.

함박눈이 펄펄 내리는 날
신작로 길을 따라간다
매섭고 짠 내 나는 볼멘 바람도
그 길을 막지 못한다

함박눈이 내리는 길
양쪽 길에 늘어선
빼꼼 열린 눈들이
숨죽여 지나가길 기다린다

소맷단 번갈아 훔치며 따라가는
삼베 치마 입은 소녀

함박눈처럼 하얗게 웃어주던 얼굴
함박눈이 유리창에 하얗게 붙었다
주르르 흘러내린다

-「함박눈」 전문

"매섭고 짠 내 나는 볼멘 바람도/ 그 길을 막지 못"할 때 "앞모습만 보고는/ 그 진실을 모른다는 사실"을 시인은 말하고 싶은 것 같다. "아픔이 지나가"(「선흘리 불칸낭」)도 "등을 돌리고 살"(「큰 나무」) 수는 없었다. "함박눈처럼 하얗게 웃어주던 얼굴"이 시간의 길목에 서 있다.

구름이 하얗게 뿌려진 하늘 아래
한라산 파랗게 밑그림 그리고
군데군데 붉으스레 덧칠을 했네
잘못 탄 버스에서 헐레벌떡 내려보니

가을을 그리는 화판이 한눈에 보인다
청기와집 텃밭에 손길 기다리는 호박
팔베개하고 누워
길 잃은 나에게 말을 붙인다

익어가는 가을을 만들어 가는
자동차 운전학원 입구
덩그러니 서 있는 버스정류소

길가에 가로수
한 잎 두 잎
바스락 떨어지며 벗을 해준다

- 「길 잃은 오동동 길」 전문

"천둥 번개로 화를" 낼 때도 시인은 "성난 구름으로 하늘을"(구급차) 가릴 줄 알았다. 때로는 "잘못 탄 버스에서 헐레벌떡"(『길 잃은 오동동 길』) 내려야 할 때도 있었지만 "덩그러니 서 있는 버스정류소"에 "가을을 그리는 화판"을 펼치기도 한다. '하늘에 구름을 하얗게 뿌려놓고' 한라산에 파랗게 밑그림을 그린 다음 "군데군데 붉으스레 덧칠"을 하면 "손길 기다리는 호박/ 팔베개하고 누워/ 길 잃은" 시인에게 말을 붙였다.

4.

  김 시인의 시선이 머물렀던 자리엔 '할머니의 자장가 소리', '어머니의 따스한 숨소리'가 함께 있었다. 시인의 시간은 "깊은 물 터널 속에서 우러나오는/ 깊고 깊은 숨비소리"였다. 그 시간은 "길게 이어온 세월만큼" "바위처럼 단단"했다. "물속처럼 깊"었다. "푸른 물속처럼 맑"았다.

  "나무 기둥 어루만지며/ 연못 속에 모여있는 붕어 같은 얘기", "세월을 낚는 단풍잎"(『노루와 한라수목원에서』) 같은 얘기, "어머니 눈썹을 하얗게 그려놓"(『짐겟 동산』)던 이야기들이 늘 가까이 있었다.

  김순이 시인이 '지난 날' 문을 열면 세월의 마당에 "장구재비 신명 나게 마당을 휘어잡"고 "북소리 꽹과리 징 소리 장구 소리"(『샛절 드는 날 1』) 요란했다. "상모돌리기 강강술래 춤을 추"(『하마터면』)고 나면 다시 지금의 자리로 돌아올 수 있었다.